La Vie est une jolie Danse

Recueil de Poèmes

Lady Kondo

Table des matières

Pour mon Père **André,**
Qui m'appelait son Aînée.
Tu m'as fait découvrir les livres,
Aujourd'hui, je les écris.

Joyeux Noël

Ce matin de Noël,

Longeant ma ruelle,

Mon regard croisa ce passant.

Sur le coup du moment,

Je ressentis un effroi,

Et un frisson glissa en moi.

L'homme en question,

M'apparut déchu d'émotions.

D'une maturité distinguée,

Il affichait une confiance.

Masquée, par les apparences.

Ses vêtements taillés sur mesure,

Cachaient une vie qui sombrait dans l'usure.

Timidement, je souris.

"Joyeux Noël Monsieur," je dis.

Troublé, il questionnait,

À qui cette voix s'adressait ?

Je restais planté devant lui,

Lui souhaitant sincèrement,

De sortir de son puit.

Ses yeux me fixèrent.

Telle une étincelle, luit une lumière,

Comme le mouvement paisible de la mer.

L'homme qui portait un chapeau feutre,

Le relevant, se voulait neutre.

"Joyeux Noël Madame,"

J'entendis prononcer son âme.

Émue, je poursuivis mon chemin.

Son énergie caressait mon dos de sa main.

Ce matin de Noël.

En longeant ma ruelle,

Je compris que la solitude,

C'est maintenant, pour certains.

Alors, rappelons-nous,

Que nous sommes tous,

Des êtres humains.

Chérir le moment

Tout nous sourit,

En décide la vie.

Puis un jour, sonne le réveil,

On nous balance la nouvelle.

Notre monde s'écroule,

À la même vitesse que notre cœur,

Dans lequel grossit une boule,

Rongée par la douleur.

On en veut au tout puissant.

Pourquoi est-il si méchant ?

-Moi votre Salut, je l'ai cherché,

On aimerait jurer !

Jamais je ne l'ai trouvé.

Il existe sans doute un message,

Observerait le sage ?

On se reprend.

La peur nous en défend.

Elle glisse à travers notre écorce,

Et poignarde notre force.

L'Espoir n'est plus qu'un miroir,

Qui triche dans le noir.

Devant les pages de notre histoire,

On cherche à y croire,

Car demain est un nouveau jour.

Non, car demain n'arrive pas toujours.

Alors chérissons ce moment,

Qui disparait à chaque instant.

Cher Cancer

On aimerait juste te connaître,

Sous ton signe astral,

Mais la réalité démontre,

Une vérité, que l'on ne peut corrompre.

Tu occupes une place centrale,

Sur notre planète Terre.

Tu te transcendes à travers l'histoire,

Tu plonges des vies dans des trous noirs.

Toi, ce grand voleur de notre présent,

Tu joues avec nos sentiments.

Trois fois, je t'ai rencontré,

Et tu ne m'as pas épargnée.

Tu m'as enlevé mon père,

Puis tu t'es acharné sur mes ovaires.

Les années passèrent,

J'ai voulu croire que c'était fini,

À nouveau, tu me laisses sans répit.

Je ne t'ai pas vu venir,

Mais je n'ai pas peur pour mon avenir.

Car cher Cancer,

Je suis la seule maîtresse de mon univers.

La force

La force dérive de l'esprit,

Elle prend racine dans le cœur.

Parcourir le cycle de la vie,

Et se noyer dans la peur,

C'est plonger dans une souffrance incessante.

À chacun d'entre nous,

De rendre notre expérience Terrestre,

Une des plus intéressantes,

Qui restera gravée,

Tels ces paysages alpestres.

Poète en moi

Jamais, n'ai-je pensé,

Écrire des poèmes,

Les lire, répond à combien je les aime.

Pourtant la poésie,

C'est la musique de la vie.

C'est le cri d'un récit,

Qui défie l'ennui.

Je suis tombée dans un puit,

Et j'en suis ressortie épanouie.

Depuis, les mots jaillissent en moi.

Je me découvre une nouvelle voix,

Comme un état d'urgence.

Dans mon émoi, ma joie est immense.

Poète en moi,

J'en fais ma loi.

Avec Toi

Avec toi,

Je poursuis ma voie.

Tout charmant,

Tu es arrivé,

Combler mon conte de fée.

Pas sur ton cheval blanc,

Comme dans mes rêves d'enfants.

Ton regard coquin,

A croisé mon destin.

De tes doigts généreux,

Tu caresses les cordes,

D'un instrument à l'allure féminine.

Dans tes bras, tu la câlines,

Envieuse, mon corps est en feu.

Un bonheur, en déborde.

Mon bien-Aimé,

Nous nous sommes trouvés.

Avec toi, je choisis de danser

La danse de la vie,

Et d'en faire un très beau récit.

Une étincelle

Esprits précieux,

Descendants des Dieux,

Ancrée dans la société,

Dans la plus grande des piétés.

Fidèles compagnons,

Notre mission,

Celle de briller,

Illuminer des vies,

Qui avancent par répit.

Offrir de l'espoir,

À tous ceux,

Qui ont arrêté d'y croire.

Il suffit d'une lueur,

Pour alléger un cœur.

Une étincelle,

Aussi accordée qu'un violoncelle

Pour éclairer un chemin,

Et transformer le destin,

De quelqu'un.

Je suis une romantique

La romance déploie son charme,

Pour séduire nos émotions.

La romance, dangereuse soit-elle,

Libertinage guide sa passion.

La romance, voleuse de sentiments,

Ère toujours dans les parages.

La romance, visible dans les romans,

Cache joliment son visage.

La romance exhibe l'art de chanter,

L'art de rêver.

La romance, libre et effrontée,

Prône son droit d'exister.

La romance donne naissance

À de très belles histoires d'amour.

La romance tout simplement,

Nourrit l'espoir au grand jour.

Ce pourquoi, j'écris,

Je suis une Romantique.

Désirer c'est vivre

Désirer c'est vivre.

Et moi, je veux vivre.

Comme un regard qui nous surprend,

Et qui arrête le temps.

Comme un sourire qui invite,

Un acte, de nos jours, insolite.

Désirer, je veux personnifier ce mot,

Qui apaise nos maux,

Ce frisson qui nous inspire,

Un long et doux soupir.

Désirer c'est vivre.

Et moi, je veux vivre.

Montargis

Dans le département du Loiret,

Au pied d'un coteau élevé,

On découvre Montargis,

La ville où j'ai grandi.

Lorsqu'on entend son nom,

Le goût des Pralines Mazet, nous pousse à la déraison.

La légende du Chien de Montargis,

Est devenue son plus bel alibi.

Montargis, tu as bercé mon enfance.

De par ta grâce, j'ai perdu mon innocence.

Tes rues, je les connais,

Toutes à ton image, la Venise du Gâtinais.

J'habitais Kennedy.

Je longeais la Place du Patis,

Pour déambuler dans la Rue Dorée.

Elle menait au musée Girodèt que je n'ai jamais visité.

Ma scolarité débuta à l'école Paul Langevin,

Le départ pour la vie de demain.

J'ai atterri à Paul Éluard,

Et J'ai passé mon temps à courir dans les couloirs.

Ma 4è, je l'ai redoublée.

Normal, je n'ai pas bossé.

J'admirais le Lycée Saint-Louis, Place du Château.

Je trouvais le bâtiment beau.

Les pierres me parlaient.

Elles racontaient l' histoire,

D'hommes et de femmes de foi.

Leur compassion en émanait.

Ils firent de l'éducation leur loi.

J'ai réussi à rentrer au Lycée en Forêt.

Mais c'est chez Bo, que mon bac, je le révisai.

Montargis, je suis une fille d'immigrés.

Depuis j'ai voyagé.

Tu n'es pas juste que le numéro 45 sur une carte.

Un monde culturel, fait partie de ta chartre.

Montargis, je ne suis plus une enfant,

Mais tu resteras toujours ma maman.

Florence

Florence, pour les français,

À la résonance, d'un vent frais,

Bien que les italiens, te nomment Firenze,

Te donnant l'allure d'un garçon manqué,

Tu portes le nom d'une femme,

Qui a offert son âme.

Au nom de l'humanité.

Gardée par ta cathédrale Duomo,

Florence, tu impressionnes.

Le long de ton Pont Vecchio,

J'en frissonne.

Je me suis surprise, à danser le tango.

J'ai traversé le pont Santa Trinita,

De suite, tu me transportas au rythme de la samba.

Florence, tu inspires la bienveillance,

Firenze, tu règnes de toute ta beauté.

Quel honneur d'avoir fait ta connaissance.

Au bonheur de se retrouver.

Venise

Toi, Venise,

La ville bâtie sur l'eau,

Tu as l'art de séduire,

Et tu t'en sers à ta guise.

Il me manque les mots,

Mais je vais tenter de te décrire.

Nous avons parcouru tes rues,

Comme un sentiment de déjà-vu.

Tes ports fidèles serviteurs,

Nous escortâmes avec ferveur.

Venise,

L'eau, ta compagne éternelle,

Laguna, elle s'appelle,

Murmurait tes secrets,

Que j'entendis flotter,

Dans chaque recoin des allées.

J'en suis encore bouleversée.

Même la tristesse, porte un autre visage.

Elle est sublimée, tel un hommage.

Toi Venise,

Cité de l'amour,

Merci pour cet accueil si chaleureux.

Tu as rendu deux êtres heureux.

J'en garderai de notre séjour

Le souffle,

D'une caresse exquise.

Message personnel

Il se plaignait de brulure,

Au touché, il craignait pour son allure.

L'an dernier,

Le verdict est tombé.

Nous étions inquiets,

Mais il fallait accepter.

Le corps a sa propre fonction,

Celui d'absorber les émotions.

Le moment venu,

Il demande à être entendu.

La tumeur s'est déclarée,

Au niveau de la partie intime.

Il tentait de garder bonne mine,

Mais j'arrivais quand même,

À palper sa fragilité.

Tout ira bien, je lui ai dit.

Je sais, il a renchéri.

Puis tu es venue, à mon secours,

Pour alléger mon cœur si lourd.

Poésie,

Belle Amie,

Tu m'as parlée,

Je fus touchée en profondeur.

Tu me guidas avec ferveur.

Je ressentis l'urgence,

Et je suivis la cadence.

Tout s'est bien passé.

Nous continuons d'avancer.

La vie nous envoie des messages,

À plusieurs visages.

Il nous doit d'être sage,

Et de lui rendre cet hommage.

La Sarcoïdose

La sarcoïdose,

Ton nom sonne

Comme une prose.

Tu débarques dans nos vies,

Sans permission.

Enfouie dans ma chair,

Je gémis.

Non pas par plaisir,

Mais par soumission.

Tu attaques nos organes,

Sur une danse endiablée de gitane.

La douleur, la fatigue,

Inspirent tes marques de fabrique.

Mais je ne t'en veux pas,

Car tu ressembles,

À une chanteuse d'opéra,

Qui récite son Horatio,

Oh,

Soupirerait mon cœur,

Avec brio.

La Sarcoïdose,

Tu sonnes comme une prose.

Maladie violette,

Ainsi, je t'ai nommée.

Tu te manifestes,

Sous une multitude de facettes.

Milliers comme moi,

Vibrons encore sous tes sonnets.

Les Liens

On parle des liens du sang,

Ils se transmettent au fil du temps.

Ce cordon ombilical,

Il sert de canal,

Et relie tout être vivant.

Je connais d'autres rubans,

Qui forgent des connections.

Les enseignements philosophiques,

Marque pages, de nouvelles expressions.

Les liaisons romantiques,

Stimulent toutes formes de sensations.

Les lanières tissées par l'amitié,

Ne se vivent pas à moitié.

Mais le plus beau lien,

S'exprime dans la fusion du cœur.

Cet organe vital qui vibre au rythme de nos ardeurs.

Cette alliance continuera de se fortifier,

Tant qu'elle servira à protéger, l'humanité.

Au nom de l'humanité

L'humanité,

Fait appel à la spiritualité.

Peut-importe nos croyances,

Ce qui compte, c'est la bienveillance.

C'est pourquoi, trouver un chemin spirituel,

Aide à renforcer notre propre éveil.

J'ai choisi la voix du bouddhisme,

Comme nouvel humanisme.

Ode pour mon Père

Il s'appelait André,

Originaire de Guinée.

Un gentil monsieur,

La tendresse,

Brillait sans cesse,

Dans ses yeux.

Il adorait blaguer

Mais il ne fallait pas le fâcher.

L'homme noir,

Détient le pouvoir.

Quand on grandit dans une famille africaine,

Impossible de changer cette rengaine.

À table, il possédait sa place,

On attendait qu'il brise la glace.

Nos balades en famille ?

Il se vantait de ses filles.

Il s'appelait André,

Il m'appelait son aînée.

C'était un bel homme

Qui s'en est allé,

Pour un très long somme.

Poème pour un Ange

Sayon,

Était ton nom.

Un prénom Guinéen,

Qui t'allait si bien.

Mais le destin,

En a décidé autrement.

Ton nom se lit,

Dans l'Enfant Noir,

Camara Laye, l'auteur du récit,

M'inspire ta mémoire.

Sayon veut dire sage.

La sagesse n'a pas d'âge.

Tu aurais eu quarante et un an,

Mais tu fais toujours partie, de mon présent.

Le grand Amour

Le grand amour,

Comment le définir ?

Il y a tellement de scénarios à décrire.

Lorsque j'y pense,

Je me remémore une absence,

Dans ma propre existence.

Trouver quelqu'un,

Qui me ferrait danser,

À travers la vie,

Représentait,

Un de mes plus grands défis.

J'aspirai à un ami,

Qui me soulagerait de mes chagrins.

Je recherchais en cette personne,

Une énergie qui résonne.

Je me languissais,

De l'entendre vibrer à mes côtés.

Je l'imaginais me cajoler,

Me sublimer

Un besoin de jouir,

Consumait mon plaisir.

Mon corps sanglotait pour un amour,

À la caresse d'un gant de velours.

Le grand amour, comment le définir ?

Par un fou rire,

Il s'exprime,

Comme une rime.

Sa seule règle,

C'est

D'aimer.

La sagesse

La sagesse décrit l'amour de la philosophie,

Et se révèle par trois biais, comme des devis.

La sagesse fondée sur la connaissance,

Un ensemble de savoir qui justifie toute évidence.

Celle acquit par le sillon de l'expérience,

Une encyclopédie de moments vécus,

Ces expertises existentielles,

Qui, même à nues,

Habillent notre existence.

Et la sagesse révolutionnaire,

Celle que j'apprends à observer,

Et à imprégner dans ma réalité.

La sagesse assume le rôle des poumons.

Elle purifie notre entité,

Des messages préconçus de notre société.

Faire preuve de sagesse,

C'est embrasser nos faiblesses,

Et nous rappeler nos promesses.

Que faire preuve de sagesse,

Est un travail qui ne cesse.

Papa Luciano

C'est l'histoire d'un homme,

Aussi majestueux que le Dôme.

Je l'ai rencontré,

Sur la route de ma nouvelle destinée.

Je venais de larguer les amarres

C'est en Italie que j'atterris.

Derrière ses lucarnes,

Je vis briller l'immensité de son esprit.

Seul, dans sa grande maison,

Il inspire la raison.

Je ne parle pas sa langue natale,

Mais, que j'aime écouter son récital.

Il me parle de sa femme,

Giovanna, le reflet de son âme.

Elle est partie,

Toujours, est-il qu'elle anime tous ses récits.

Il en parle avec fierté,

De sa beauté.

Les larmes perlent dans ses yeux,

Et il poursuit son chemin,

Sans se soucier de demain,

Car bientôt, il la rejoindra aux cieux.

Papa Luciano,

C'est l'histoire d'un père, un grand-père

Papa Luciano, c'est mon beau-père,

Le portrait d'un bel homme sur cette terre.

M.e.u.F

Le monde est une femme.
Taillée, telle une pierre précieuse,
Même nue,

Ta beauté s'identifie dans ta vertu.

Ta grandeur à l'image de ta rondeur,

Tu embrasses toutes les âmes,

Par ta nature révérencieuse.

De tes bras invisibles,

Tu nous élèves dans ton espace imprévisible.

Lorsque tu souris,

Toi la femme sage,

L'expression sur ton visage,

Efface tous nos soucis.

L'homme, perdu dans la sphère du virtuel,

Il cherche dans tes yeux, une étincelle.

Ta voix grave et étudiée,

S'exclame d'un cri spontané,

Le chant féminin,

La note musicale de demain.

M.e.u.F

Le

Monde

Est

Une

Femme.

Une lanterne illuminée,

Par une myriade de flammes

Qui danse,

Au son des Tamtams.

La séparation

Comment savoir,

Si on a trouvé la bonne personne ?

Car un jour la cloche sonne.

Alors arrive la séparation.

Pour beaucoup, cela reste une option.

Une idée pesée,

Par deux êtres aimés.

On veut croire que la distance,

Peut réveiller l'attirance.

Les difficultés appartiennent à la vie de couple.

Leurs fonctions servent à renforcer l'amour,

Cette promesse du premier jour.

Et puis il y a les enfants,

Aux regards tendres et innocents.

Avec le temps, on tourne en boucle.

Le cercle se resserre,

On espère,

Qu'une séparation,

Peut raviver la passion.

Ça marche pour certains,

Chacun doit suivre son chemin.

Comment savoir,

Perdu dans le noir ?

La bonne personne nous épaulera.

La bonne personne sera toujours là,

À nos côtés.

Son épée c'est sa loyauté.

Si vous avez trouvé cette personne,

C'est la bonne.

C'est pourquoi,

Il est important de bien choisir.

Ceux qui vous laisse partir,

Qui utilise la notion de séparation,

Comme option,

Ce sont ces mêmes gens,

Qui vous feront perdre votre temps

Si vous décidez de revenir.

Le soleil

Le soleil,

Lumière naturelle,

Grand sourire universel,

Tu tournes autour de la terre,

Tu illumines notre univers.

D'un seul rayon,

Tu perces toutes illusions.

On attend ta présence,

Tout au long de l'année.

Avec élégance,

Tu réchauffes nos étés.

Tantôt discret,

Tantôt énervé,

Au milieu d'une étendue bleue,

Tu maintiens ton feu.

Chacune de tes flammes,

Communiquent avec notre âme,

Et nous rappelle,

D'oublier nos querelles.

Car nous possédons tous

Cette puissance,

Depuis notre naissance.

Celle de rayonner,

Celle d'éclairer

Toi soleil,

En

Nous,

Tu

Sommeilles.

La gentillesse

Un acte de compassion,

Qui apaise toutes tensions.

Elle sait répondre à la méchanceté.

Méchanceté, reine du mal,

La gentillesse en fait sa rivale.

La méchanceté règne de sa faiblesse.

À la recherche de sensations perverses,

Elle étale ses prouesses,

Et utilise tout allié,

Pour se glorifier.

Cette âme maléfique

Veut se croire héroïque.

Elle bouffe notre énergie,

Et agit loin du bruit, en silence.

Elle masque son apparence,

Elle vole notre vie.

La méchanceté,

Est aveuglée

Par son orgueil,

Dans lequel, elle creuse son propre cercueil,

La gentillesse, imbibée de souplesse,

Ne craint pas la méchanceté.

Elle continue d'espérer,

Qu'au milieu d'une telle cruauté,

Existe une invisible gentillesse

Qui exprime simplement sa détresse.

La paix

C'est quoi la paix ?

Nommée au féminin,

Dans un monde incertain,

On recherche tous la sérénité,

Un abri intérieur,

Coupé de nuisances extérieures,

Que l'on aimerait conserver.

Quand des remontrances

Se transforment en souffrance,

Et s'installent dans notre quotidien,

Naturellement, on coupe les liens.

Un besoin qui s'avère nécessaire,

Tel un marin se réfugie dans la mer.

On se dit en paix avec soi-même,

Comblé, dans notre harem.

Il fut une époque, où j'ai observé

Une pareille réalité.

J'étais en paix avec moi-même.

Puis se présenta mon dilemme.

C'est quoi la paix ?

Me cacher ?

Derrière une existence bien rangée ?

Entourée par mon petit comité ?

Non !

Je fuyais,

Je pleurais,

Je me perdais dans cette paix.

J'étais en train de sombrer,

Dans une mini société,

Que je m'étais créée.

Je limitais ma capacité,

À développer,

Mon humanité.

Car le monde autour de moi,

N'est qu'un reflet

De comment je le perçois.

La paix,

C'est le combat de chacun,

Une décision personnelle,

À aider son prochain.

Arc en Ciel

Tes couleurs me parlent.

Ton rouge invite à l'amour,

Orange, j'ai soif de ton jus,

Jaune, le soleil habille mon sourire,

Vert, dans la nature j'aime me perdre,

Bleu, je me glisse dans la mer,

Violet, représente ma couleur préférée.

L'arc en ciel,

Est devenu les couleurs du respect,

Après la pluie, ses rayons animent le ciel,

D'une poésie lumineuse.

Les gens sont heureux,

Devant l'effet de ce pont bariolé,

Qui transcende toutes différences.

Alors, illuminons la terre,

Aux couleurs de l'arc en ciel.

Écrire c'est comme marcher

Arrive le moment,

On prend son élan.

Notre langue se tisse,

Et les mots surgissent.

Des pensées se forment,

On cherche la norme.

Puis s'installe un blocage,

On tombe dans un marécage,

Comme cet enfant,

Petit être innocent,

Qui commence ces premiers pas,

Le regard rivé, vers le bas.

On retente,

On perd l'équilibre.

On s'étale,

Et ça fait mal.

Comment trouver notre calibre ?

Et on se lance,

On recommence.

Écrire c'est comme marcher,

Suivre le chemin de notre liberté.

Dans ce voyage solitaire,

Je n'écris pas pour plaire.

Je réponds juste,

De par mon style robuste,

À cette note de musique,

Une mélodie mystique.

J'écoute mon intuition,

Et laisse parler mes émotions.

Je travaille avec le bruit des mots,

Pour me soulager de tout fardeau.

Je joue avec leur silence,

Et leur tire ma révérence.

Je m'imprègne de la magie littéraire.

Qui invite l'imaginaire.

Je me construis une identité,

Qui a toujours existé.

Écrire c'est comme marcher,

Car marcher permet d'avancer.

Les chemins difficiles

J'ai emprunté un chemin,

Fidèle à mon destin.

Au bord du précipice,

Des années soixante-dix,

J'ai atterri.

L'aînée d'une fratrie,

J'ai appris,

J'ai grandi.

J'ai fait de mon mieux,

En priant Dieu.

Jamais, il ne m'a répondu.

Déçue,

J'ai lâché l'affaire,

Et vécu dans la misère.

J'ai erré,

Comme une gosse paumée.

Je longeais des routes,

En conflit avec mes doutes.

Des rencontres, j'en ai fait,

Qui m'ont gardé en retrait.

Mais un désir en moi,

Conviait une voix.

Je savais qu'elle existait,

Je l'entendais.

Je la sentais m'observer.

Je me suis mise à lui parler.

Je lui ai confié mon cœur,

Je l'essorai de sa douleur.

Ça me faisait du bien.

Ça ne me coûtait rien.

J'avais tellement de chose à lui dire,

Difficile, il m'était de les transcrire.

Un jour, je lui ai écrit.

Des pages j'en ai remplies.

Elle m'apparut comme par magie.

Ce que j'avais tant recherché,

Se trouvait en moi, inné.

L'écriture,

Spontanée et déterminée,

Taillée dans son échancrure,

L'écriture,

À l'allure imprévisible

Mon allié, des chemins difficiles.

Le Karma

Le karma,

La théorie du bouddha.

Loi de causalité,

Elle appartient à l'éternité.

Principe du bouddhisme,

Elle répond à un séisme.

Illustration scientifique,

Sa rhétorique,

Action,

Réaction.

On plante des graines,

Des causes,

À chacun sa peine,

Névrotique cellulose,

Arrive la germination.

Sous diverses phases,

On aspire à l'extase,

Lorsqu'elle se manifeste,

Sonne les trompettes.

Cachée dans l'attente,

Perdu dans la détresse,

S'installe une tendance,

Qui invite la malchance,

A l'image du monde terrestre.

Le karma répond à cette équation,

Comme une affirmation.

Le Karma peut se transformer,

Rien n'est décidé.

La seule règle,

Bien qu'espiègle,

En découvrir l'origine,

Et retirer l'épine,

Ça marche comme ça,

Le karma.

Dame Nature

C'est dans ton lieu forestier,

Que j'aime te rencontrer.

Je me faufile dans tes sentiers,

Et me laisse bercer,

Par le chant des oiseaux.

J'écoute le bruit de la terre,

Qui recueille les misères,

Cette fanfare, au rythme de nos pas.

Je m'imprègne de la douleur,

Sans y rajouter de la rancœur.

Je t'enlace à travers des arbres,

Au reflet varié du marbre.

Je te respire,

Mon cœur s'enivre.

Je m'accroche à toi,

Et je cherche ta voix.

Le battement des branches,

M'élève au ciel.

Libre,

J'entends les feuilles,

Tournoyer dans l'espace.

Jamais, elles ne se lassent.

Dans leurs chutes,

Elles me chuchotent,

Au creux de l'oreille,

Que je suis une entité de ta création,

Que tu es à mes côtés, à chaque instant,

Quand j'ouvre les yeux, au matin,

En pensant à demain.

Lorsque je cours au supermarché

Me demandant quoi acheter.

Quand je ris, quand je pleurs

Mon histoire, j'en suis l'auteur.

Mais Dame Nature,

Mystique créature,

C'est dans ce lieu forestier,

À toi, j'aime me confier.

Le parfum de la vie

La vie se compose de plusieurs parfums.

Ces morceaux de frissons parsemés,

Liés par un point commun.

Un sentiment justifié.

Sa parfumerie,

Nous touche tous, différemment.

Au creux de notre rêverie,

On s'accroche à cet instant.

Je commence par celui de l'amour,

Qui dessine des contours

Quelquefois doux,

D'autres flous.

Sa senteur est recherchée par tous.

Fraîche, comme de la mousse,

De sa couleur nacrée,

Son impact désiré,

Il s'évapore dans l'air.

Sa fragrance inspire le mystère

Il virevolte, comme un papillon,

Il suit sa raison.

On veut le retenir,

Pour le sentir.

On espère y goûter,

À ses goûts pimentés,

Le protéger

Le partager,

Même avec ceux qui n'en veulent pas.

On s'invente des rôles pour le cinéma.

Ce plaisir envoûtant,

Ce besoin incessant,

Perturbateur,

Manipulateur,

Enraciné dans l'âme,

Brule une flamme,

Qui invite le parfum de la Peur.

S'en échappe une puanteur,

Intense dans sa teneur,

Son goût devient rance.

Et nous fait violence.

Paralysé, pétrifié,

On se laisse aller.

La porte fermée,

S'installe l'angoisse,

Son odeur nous froisse.

Crispé, condamné,

À vivre déchiré,

Troué d'illusion,

Les marques de nos lésions

S'adonnent à la tristesse.

Son parfum est cruel,

Il nous prend en duel,

Et se nourrit de nos faiblesses.

Que nous reste-t-il ?

Mourir de détresse ?

La vie se compose de plusieurs parfums,

Liés par un point commun,

Le cœur,

Habile et versatile,

Les parfums de la vie,

S'en inspire

À coup de soupir.

La vie est une jolie danse

Il y a des rencontres,

Comme les expériences,

Le démontrent,

Qui touchent,

Qui surprennent,

Et nous invitent à partager,

Des moments de joie,

Qui laissent sans voix,

Comme de peine,

À nous en faire perdre l'haleine.

Car ces rencontres,

Réglées comme une montre,

Prônent le grand partage,

Le commencement d'une nouvelle page.

C'est pourquoi la vie est une jolie danse.

La chorégraphie de notre existence.

La foi

La foi,

Rime avec croyance,

Espérance,

Cette conviction,

Qu'il y a toujours une solution.

La foi,

Prend une proportion divine.

Celle d'une prophétie célestine.

La foi,

Pardonne toute trahison,

Elle en appelle à la raison.

La foi,

Ultime révélation,

Tranche toute illusion.

La foi,

Essence de la compassion

Embrasse toute confession.

La foi

Sert à ouvrir une voie.

L'éducation

Il n'y a pas de plus grand trésor,

Que celui de l'éducation.

Une telle possession,

Vaut bien plus que de l'or.

Plus encore,

Quand utilisée, pour servir autrui,

Et défier l'ennui.

Alors servons,

Partageons,

Utilisons notre savoir,

Encourageons l'espoir,

Écrivons l'histoire,

Qu'elle ne disparaisse pas dans le noir ;

L'éducation,

Ce n'est pas une profession,

C'est une mission.

Le pardon

Acte solennel,

Révérence intentionnelle.

De par ce don,

J'ouvre mon cœur.

De par ce don,

J'embrasse mes peurs.

De par ce don,

Je refuse toute rancœur.

De par ce don,

J'aspire au bonheur.

De par ce don,

Je transforme ma destinée.

De par ce don,

Émerge, une nouvelle réalité.

De par ce don,

Je pardonne ma vie.

De par ce don,

Je prie.

De par ce don,

C'est de la poésie

Que j'écris.

Le pardon,

C'est

Un

Don.

Liberté

Liberté,

Égalité,

Fraternité,

Haut et fort,

Ton nom, j'aime le clamer.

Je t'honore

Car tu me fais rêver.

Passionnée, Écervelée,

Tu prônes la femme Révoltée,

La femme tant désirée.

Mais avant de te connaître

J'ai dû disparaître.

Au fond de mon être.

À broyer mes émotions,

Telle était ma solution.

Enfermée dans ma prison,

Je me suis nourrie de ma déraison.

Un poison que j'ai avalé,

Pendant des années.

Le mot bonheur,

Avait perdu sa valeur,

Sur l'estime que je possédais de moi-même.

Je vivais dans la haine.

Un jour, arriva le déclic !

C'était magique.

Mes yeux ont croisé,

Une tasse brisée,

Ma préférée.

Les morceaux, je les avais recollés.

Dans cet instant, inimaginable,

J'ai compris l'impensable.

Penser à moi.

Et me panser moi.

J'ai rencontré ma résilience,

Une force innée en moi,

Comme une œuvre de faïence.

Le fils que je n'ai jamais eu

Toi, le fils que je n'ai jamais eu,

Pourtant, je t'ai toujours connu.

Tu portes le nom,

De tous ces garçons,

Qui arrive dans le monde.

Tu ne cherches pas,

À rentrer dans la ronde.

Comme un papillon,

De ton être, tu rayonnes.

Curieux et droit,

Tu cherches ta voix.

Tu avances dans la vie,

Choisissant ton tempo.

Ton récit, tu l'écris,

Avec tes propres mots.

Toi, le fils que je n'ai jamais eu,

Je t'ai toujours connu.

Gai comme un pinson.

Tu es ce garçon,

Qui poursuit sa mission,

Et moi de loin,

Je prends ce soin,

D'observer ton évolution.

Si tu lis ce poème,

Moi

Je

T'aime.

Lettre à Stéphan

Cher Stéphan,

Toi et moi, c'est pour la vie.

Dès que je t'ai vu,

J'ai su.

J'ai lu dans tes yeux clairs,

Le portrait d'un homme sincère.

Droit et attentionné,

Tu es un passionné.

Pourtant, tu as beaucoup souffert,

Mais tu n'en restes pas amer.

Tes blessures,

Ont forgé ta carrure.

Tu transportes tes cicatrices,

Les tatouages de ces préjudices,

Que tu as subis.

Aujourd'hui, tu en ris.

Tu es un homme libre,

Qui avance en équilibre.

Je marche à tes côtés,

Fière et émerveillée.

Tu vis ton histoire,

Un testament qui marquera des mémoires.

Les garçons aimeront les garçons librement,

Et j'attends le jour, de pouvoir observer ce moment.

Cher Stéphan, mon bien-aimé

Toi et moi, c'est pour l'éternité.

C'est pourquoi, dans ma prochaine vie,

Je serai ton mari.

L'ère du temps

Je suis de cette génération,

Qui jouait dehors,

Avec les enfants du quartier.

On se prenait pour des aventuriers.

On riait jusqu'à l'aurore,

Les jeux de société,

Animait nos soirées.

Ça faisait partie de notre éducation.

De nos jours,

Regardons autour,

Beaucoup de jeunes

Ont cessé de se parler,

Même arrêté de jouer.

Un Snapchat, on filtre l'image.

Un TikTok, vous voilà servis

Pour le grand déballage.

Insta, ils veulent tout de suite,

Sans dire merci.

C'est à peine s'ils vous disent bonjour.

Certains mêmes refusent de vous dire aurevoir.

Sous le regard de leurs parents,

Qui se sentent impuissants.

Surtout, il ne faut pas les fâcher,

Car ils vous bloquent,

Cette tendance fait fureur.

Et on en arrive à cette jeunesse qui souffre,

Qui plonge dans un gouffre,

Dans lequel on les a poussés.

À qui la faute ?

Moi-même,

Pour poser cette question

Et ne pas y apporter une solution.

L'ère du temps,

Marque ce nouveau virage,

Le temps de revaloriser,

Les valeurs humaines.

Les pastilles blanches

Je me réveille tous les matins,

Même si incertains,

Avec ces mêmes douleurs,

Car sonne l'heure,

Ce moment précis,

Preuve que je suis encore en vie.

Recroquevillée, tel un bébé,

Je m'abandonne à ce cri strident,

De ce démon gourmand.

Il joue sa mélodie accablante,

Aux paroles envoutantes.

Les sons s'infiltrent dans mon corps,

À coup d'aiguilles sonores.

La musique glisse le long de mes jambes,

Avant de remonter vers mes hanches.

Mon agonie, s'intensifie,

Qu'elle en devient une comédie.

Ma journée n'a à peine commencé,

Que j'en suis déjà crevée.

Je n'ai pas d'autre choix,

Que de soulager mon désarroi.

J'avale mes pastilles blanches,

Et me laisse bercer par une avalanche,

D'effets somatiques,

Qui me prépare pour une journée fatidique.

Les cachets fondent dans ma bouche,

Et me voilà plonger sous une douche,

Apaisante,

Et relaxante.

Les pastilles blanches,

M'accompagnent dans mon quotidien.

Elles me servent de revanche,

Elles me font du bien.

Chaque cérémonie est cruciale.

Que je vis comme un récital.

Le cœur brisé

Ces mots prononcés par notre bouche,

Pensés par notre tête,

Ressentis par notre être tout entier,

Nous en sommes témoins, par millier.

Notre vie est bouleversée.

La terre a arrêté de tourner.

Notre monde vient de s'écrouler.

Au milieu de ce gâchis,

Dénoncé par des cris,

On regarde cet organe,

Déchu de sa soutane,

Trituré en morceau,

Par petits lots.

Chaque bout de chair,

Représente,

Une parcelle de notre existence,

Broyé dans la turbulence,

Où se noie notre misère.

Moi aussi,

Quelqu'un a brisé mon cœur.

Perdue dans mon malheur,

J'ai sombré dans l'horreur.

Ma vie ne portait plus ces couleurs

Que l'amour m'avait inspiré à révéler.

Mon horloge romantique,

Au rythme atypique,

Refusa de sonner.

Les aiguilles se brisèrent,

Je vis mon cœur atterrir par terre.

Troué, blessé, brisé,

J'ai pris du temps pour le ramasser.

J'ai pris du temps pour comprendre,

Que je n'avais pas le droit,

De le réduire en cendre.

Car un cœur brisé,

Est un cri d'amour,

Qui cherche à être recomposé.

Les choses simples

Les choses simples,

C'est pouvoir respirer,

Sentir l'air se gonfler,

Dans notre poitrine.

C'est pouvoir parler,

Assembler des mots

Et émettre des sons ;

C'est pouvoir chanter,

Crier, rire,

C'est pouvoir pleurer,

Sans s'en cacher.

Les choses simples,

C'est marcher pieds nus,

La plante de nos pieds,

En contact avec le sol.

Sentir nos orteils,

S'enfoncer dans le sable chaud,

Lors d'une balade, sur la plage.

Effleurer, l'herbe verte fraîchement coupée,

Inviter les insectes invisibles,

À circuler sur notre peau.

Les choses simples,

Ce sont ces sourires

Qui réveillent des souvenirs,

Ce sont ces regards doux

Qui tempèrent notre poult ;

Ce sont ces encouragements

Qui inspire à rester vivant.

La sauce gombo

La Sauce Gombo,

Ma chérie Coco,

Tu es dangereuse.

Tu sais nous enfumer,

Avec ton ingrédient principal,

Un légume, taillé en forme pyramidale.

Sa peau soyeuse et duveteuse,

Il est toujours vêtu de vert.

On lui reconnait,

Ce chapeau joliment rond,

Qui ressemble à un béret.

Il se termine par une tige,

Très épinée,

L'union de cinq quartiers,

Qui forme un pentagone régulier.

Le gombo,

Se doit d'être beau.

Si trop dur,

Il perd son envergure.

Si trop mou,

C'est la gadoue.

Le gombo,

Grand mafioso,

Se laisse découper,

En fine rondelle.

S'ajoute aux oignons,

Tranchés en fine lamelle.

Le tout mélangé,

Dans ce bouillon,

De sauce Maggi,

Mais que lui vaut cet honneur

À la sauce Gombo ?

Sa réputation de tueuse en série,

Se révèle dans l'huile de palme,

Ajouté pendant la cuisson.

Sa rougeur,

Apporte la teneur,

Son odeur,

Relève le goût du piment.

La sauce gombo,

Ma chérie Coco,

Verte et dégoulinante,

Tu es dangereuse,

Mais toujours, je reviens vers toi.

L'égo

L'Ego, c'est lui,

C'est Vous,

C'est Nous,

C'est Moi.

L'Ego vibre dans le monde physique.

C'est juste mathématique.

L'égo possède trois personnalités.

Celui que l'on côtoie,

Qui cherche à faire sa loi.

Il existe le « Ça »,

Selon la théorie de Freud.

« Ça » aime faire son cinéma.

« Ça » se fout du rôle,

Tant qu'il est en contrôle.

Dominé par un besoin,

De supériorité,

Vêtu de toute vanité,

Il n'aspire,

Qu'à une seule mission,

Assouvir ses pulsions.

Et nous avons,

Le super Égo.

Cette partie du soi,

Qui revêt l'instinct maternel,

L'instinct paternel

L'instinct universel.

Ce super Égo,

C'est ce médiateur,

Armé de sa conscience morale.

L'Ego, c'est lui,

C'est Vous,

C'est Nous,

C'est Moi.

Cher Égo,

Je ne t'en veux pas.

Je sais que tu essaies,

De me protéger.

On doit juste apprendre,

À s'apprivoiser.

Un jour, je partirai

Un jour, je partirai,

Quand ?

Je ne sais pas.

En attendant,

Je poursuis la route,

Qui s'ouvre à moi.

J'apprends,

J'observe des décisions,

Qui m'aident à affronter mes doutes.

Cet affrontement, me permet,

De polir mes insécurités.

Un jour, je partirai,

Quand ?

Je ne sais pas.

Mais avant tout,

J'aurais fait de très belles rencontres,

J'aurai connu des personnes de valeur,

Avec qui, j'aurais appris les joies du bonheur,

Avec qui, j'aurais partagé le poids de la douleur,

Passé du temps à discuter,

À s'écouter.

Un jour, je partirai,

Quand ?

Je ne sais pas.

Avant que ce moment,

Ne se présente,

J'aurais appris à aimer.

J'aurais été aimé.

Avant que ce moment,

Ne se présente,

J'aimerais avoir traversé,

Des millions de vie,

Profiter de ces belles aventures,

Qu'on découvre dans la littérature.

Un jour, je partirai,

Et j'aimerais pouvoir dire,

Que j'ai bien vécu.

En attendant,

Je crée cette vie,

Que j'aspire à laisser,

Derrière moi.

Écoute ton âme

Écoute ton âme,

L'âme est une énergie invisible.

L'âme gît dans le corps humain.

L'âme absorbe tous nos chagrins.

L'âme vise à rétablir l'équilibre.

L'âme comprend que chaque personne,

Qu'elle touche, travaille dure,

Pour aider une autre personne.

Écoute ton âme,

L'âme a pour mission,

De te rappeler,

Qu'en face de toi,

Il y a un autre être humain

Avec toutes ses joies,

Et toutes ses souffrances,

Comme toi et Moi.

Écoute ton âme.

Le grand nettoyage

Hier, je nettoyais la salle de bain.

Et puis je me suis attardée,

Sur ces tâches de moisissures,

Encrassées sur les reliures,

Du silicone.

J'ai aspergé les murs,

De tous les détergents chimiques,

Cachés dans mes placards.

J'ai frotté,

Les tâches persistaient.

Puis j'ai gratté,

Comme une hystérique.

Mais rien à faire.

Alors je me suis énervée.

Ces points sombres me narguaient.

Éparpillés sur les contours de la douche,

Je ne pouvais définir leurs couleurs,

Juste que ces marques,

M'inspiraient la saleté.

La saleté de qui ?

Combien avant moi,

Se dégraissèrent dans ce cubicule ?

Ces empreintes, prirent des proportions,

Qui me priva de toute raison.

J'analysais leurs positions,

Leurs tailles,

Qui révèleraient,

La stature de ces personnes.

Cette considération,

Ne me mena nulle part.

Je bloquai sur ces traces,

Qui semblaient avoir une histoire.

Je pouvais tenter d'autres produits

Et effacer toutes insignes de vie,

Où y ajouter mon propre sceau.

Je rendis sa beauté

À ma salle de bain,

Parée de sa couleur,

Blanche et Noire.

Ainsi s'acheva le grand nettoyage.

Les mots

Signes,

Dessins,

Images,

Traces,

Données.

Le langage existe depuis la nuit des temps.

Cet outil d'expression laisse des traces.

Ces traces sont les signes de l'existence humaine.

L'humanité ne peut se développer

Sans l'aide d'une communauté.

Ce développement passe par le dialogue.

Le dialogue passe par les mots.

Les mots dénoncent des émotions.

Il y a des mots qui émeuvent,

Qui réconfortent,

Qui inspirent.

Il existe aussi,

Des mots qui blessent,

Des mots qui font mal,

Des mots qui détruisent des vies.

Le langage représente,

Une des plus grandes formes

De communication.

Le langage est libre.

Le langage est beau.

Utilisons nos mots,

Avec prudence.

La porte

La porte,

Un élément important,

Une représentation de notre vie,

Un symbole de force,

De pouvoir,

Mais aussi de mystère.

Elle anime notre présent.

Elle nous entoure.

Pendant longtemps,

Je suis restée plantée,

Devant cette porte,

Sans couleur.

Je l'ai regardée.

Je l'ai admirée.

Jamais je n'ai osé l'ouvrir.

Que se cache-t-il derrière cette porte,

Je me suis demandée ?

J'ai cru entendre des sons,

S'y échappés,

Comme des rires,

Des gémissements,

Même des sanglots.

Et il y avait ce silence.

Une fraction du temps

Qui me parlait.

J'écoutais ce silence,

Et y percevait une musique.

Une combinaison de notes,

Me pénétra.

Je m'y perdais.

Je m'oubliais.

Sans m'en rendre compte,

Je devenais prisonnière,

De cette porte sans couleur.

Enfermée,

Derrière ces murs maussades,

Je décidai de peintre la porte,

Avec les seules couleurs,

Que je possédais,

Mon imagination.

La porte s'ouvrit.

Je découvris,

Que je possédais

La clé,

De mon propre bonheur.

Il n'en tenait qu'à moi,

D'

Ouvrir

Cette

Porte.

Merci

Merci,

La plus prestigieuse expression de la vie.

Dans chaque langue enseignée,

On retrouve le même énoncé.

Ce mot réveille un indéniable ressenti,

Que l'on apprivoise sans sursis.

Ce code social se transmet à la maison,

Lieu sacré pour une abondante floraison.

Cet esprit de reconnaissance,

Cultiver avec effervescence,

S'approfondit à travers l'éducation,

Et embrasse les empreintes de nos institutions.

On se voit briller,

Sillonnant,

Les paroisses de nos communautés.

On trouve sa place,

Au cœur de la société.

Peu importe,

La taille de notre palace,

On se voit exister.

Dire merci,

C'est cette prise de conscience,

Une décision,

Sans condition,

Qui nous remplit de bonté,

Un sentiment d'humilité,

Qui nous rappelle notre identité.

Seul l'être humain,

De par sa faculté de penser,

Peut s'exprimer,

Et partager,

La plus prestigieuse expression de la vie.

Alors

Merci.

Un grand Merci à *Astrid Brisson* for l'illustration de la couverture de ce livre.
Je travaille avec Astrid depuis le début de cette aventure littéraire.

Printed by Amazon Italia Logistica S.r.l.
Torrazza Piemonte (TO), Italy

51041039R00056